La Disparition
du paysage

DU MÊME AUTEUR

LA SALLE DE BAIN, *roman*, 1985 (« double », nº 32)
MONSIEUR, *roman*, 1986
L'APPAREIL-PHOTO, *roman*, 1989 (« double », nº 45)
LA RÉTICENCE, *roman*, 1991
LA TÉLÉVISION, *roman*, 1997 (« double », nº 19)
AUTOPORTRAIT (À L'ÉTRANGER), 2000 (« double », nº 78)
LA MÉLANCOLIE DE ZIDANE, 2006
L'URGENCE ET LA PATIENCE, 2012 (« double », nº 104)
FOOTBALL, 2015
MADE IN CHINA, 2017
LA CLÉ USB, 2019
LES ÉMOTIONS, 2020

MARIE MADELEINE MARGUERITE DE MONTALTE

I. FAIRE L'AMOUR, *hiver* ; 2002 (« double », nº 61)
II. FUIR, *été* ; 2005 (« double », nº 62)
III. LA VÉRITÉ SUR MARIE, *printemps-été* ; 2009 (« double », nº 92)
IV. NUE, *automne-hiver* ; 2013 (« double », nº 107)

M.M.M.M., 2017

Aux Éditions Le Passage

LA MAIN ET LE REGARD, 2012, à l'occasion de l'exposition LIVRE/LOUVRE au musée du Louvre

JEAN-PHILIPPE TOUSSAINT

La Disparition du paysage

LES ÉDITIONS DE MINUIT

L'ÉDITION ORIGINALE DE CET OUVRAGE A ÉTÉ TIRÉE À SOIXANTE-CINQ EXEMPLAIRES SUR VERGÉ DES PAPETERIES SCHLEIPEN, NUMÉROTÉS DE 1 À 65 PLUS HUIT EXEMPLAIRES HORS COMMERCE NUMÉROTÉS DE H.-C. I À H.-C. VIII

www.leseditionsdeminuit.fr

ISBN : 978-2-7073-4658.2

La Disparition du paysage
a été créé le 12 janvier 2021
au théâtre des Bouffes du Nord

Avec :
Denis Podalydès, sociétaire de la Comédie-Française

Scénographie et mise en scène :
Aurélien Bory

Lumières : Arno Veyrat
Musique : Joan Cambon
Co-scénogaphie : Pierre Dequivre
Costumes : Manuela Agnesini
Collaborateur artistique et technique :
Stéphane Chipeaux-Dardé

Je passe ma convalescence à Ostende. Une aide-soignante, qui ne parle pas français (peut-être ne parle-t-elle que néerlandais), vient tous les jours, qui me couche le soir et m'assiste pour mon lever. J'ai le sentiment qu'il n'y a pas de discontinuité dans ma vie, que cela fait des mois maintenant que je suis immobilisé ici dans un fauteuil roulant et que les journées se succèdent, identiques, devant la fenêtre de cet appartement. Combien de temps va durer ma convalescence, je l'ignore. Je n'ai pas froid, je ne manque de rien. Je n'ai aucun souvenir de l'accident. Ai-je été renversé par une voiture ? Ou était-ce une chute ? Ai-je fait une chute dans les escaliers ? Ou un attentat ? Se peut-il que j'aie été victime d'un attentat ? Je ne sais pas. Je n'ai pas mal, pas de souffrance physique, mais un étonnement — un étonnement inébranlable. Je ne me souviens plus très bien de moi, de qui je suis, de qui j'*étais* plutôt. Pourtant, ma conscience du présent n'est pas altérée, elle est même particulièrement aiguë, comme si la mise à l'arrêt forcée de l'ensemble de mes autres facultés me faisait soudain percevoir, avec une attention décuplée, affûtée, acérée, l'instant visible.

C'est pourtant toujours le même paysage que j'ai sous les yeux depuis des mois. Les variations sont très ténues, liées aux heures du jour, à l'alternance des marées, au cycle immuable du soleil, qui se lève derrière l'immeuble et se couche à l'horizon, à la pluie fine qui recouvre la surface de ma vitre et la transforme en un tamis perlé de gouttelettes et de buée. L'appartement où je séjourne n'est pas situé sur la digue, mais à l'angle supérieur d'une ruelle adjacente. Il se trouve au sixième étage, presque dans le ciel, parmi les errements des mouettes et les déplacements des nuages. De la fenêtre, on aperçoit la mer par-dessus le toit du casino. Je reste là du matin au soir dans mon fauteuil roulant. Je ne fais rien, j'éprouve la monotonie des heures, mon œil construit des figures géométriques, assemble les éléments épars qui sont à ma disposition, la mer, le ciel, les rides de la plage déserte. Je devine au loin les silhouettes minuscules de promeneurs en anoraks qui marchent avec un chien le long de la mer. Il n'arrive vraiment rien dans ma vie pour que la seule présence d'un chien sur le rivage fasse figure d'événement.

La plage est le plus souvent déserte en ces longs mois d'hiver. Ma fenêtre est un tableau, un rectangle parfait encadré par les châssis dormants en bois brun des travées. J'ai parfois l'impression d'être dans un musée à force de fixer ce grand tableau immobile que j'ai devant moi sans pouvoir le quitter des yeux, sans pouvoir me soustraire au spectacle du ciel et de la mer, car mon fauteuil roulant n'a aucune autonomie. J'ai pourtant toujours aimé me promener. Lorsque, dans le passé, je faisais de longues promenades à Ostende, m'éloignant lentement sur la digue les mains dans les poches, le mouvement physique de la marche induisait immédiatement une mise en branle de mon esprit, un désancrage mental, un glissement spirituel vers l'imaginaire, que je n'avais qu'à accompagner en douceur en suivant le cours inconscient de mes pensées. Mais, depuis le drame, l'immobilité à laquelle je suis contraint semble avoir paralysé non seulement mes membres, mais également mon esprit. Ce n'est qu'au terme d'intenses efforts que je parviens enfin à m'échapper vers l'imaginaire. Je suis toujours ici, physiquement, à

Ostende, immobile dans mon fauteuil roulant au sixième étage, dans cet appartement, mais mon esprit a pris le large et, porté par le vent et les embruns, entraîné par le grand air et le sable qui fuit en rampant sur la plage les jours de tempête, je parviens à m'abstraire de la réalité où je suis encalminé depuis des mois. Je me mets alors à construire, sur ce canevas ostendais, sur ces fondations flamandes, des paysages asiatiques, des villes japonaises qui viennent se superposer à la plage réelle que j'ai sous les yeux. Un soir que je regarde par la fenêtre à la tombée du jour, tandis que les premières lumières apparaissent à l'horizon au-delà de la ligne de fuite des Galeries royales, et même plus loin encore, au-delà de Raversijde, aux confins des souvenirs et de l'imagination, c'est la ville de Tokyo qui m'apparaît soudain au loin dans le rectangle de la fenêtre, parsemée de lumières mystérieuses qui viennent de s'allumer à l'horizon, néons et réverbères, enseignes, éclairages des rues et des artères, des ponts, des voies ferrées, autoroutes métropolitaines et réseau d'avenues surélevées enchevêtrées, miroitement de pierreries et bracelets de lumière piquetée, guirlandes et lignes brisées de points lumineux dorés, souvent minuscules, stables ou scintillants, proches et lointains, signaux rouges des balises aériennes qui clignotent dans la nuit aux sommets des antennes et aux angles des toits. Mais j'ignore jusqu'à quel point je peux encore me fier à ma mémoire. Ces apparitions, ou ces visions, ces hallucinations ne sont peut-être que de simples réminiscences de mes livres, et plus particulièrement de ce roman qui se passe à Tokyo que j'ai écrit il y a quelques années ici même, dans cette même pièce, devant cette même fenêtre, lointaines évocations littéraires qui affleurent à la surface de ma mémoire blessée, éparse et dissociée.

Madeleine, dans les premiers temps, est venue me rendre visite. C'est elle qui a dû être prévenue la première le jour du drame. J'ignore combien de jours je suis resté dans le coma, j'imagine que j'ai dû faire un séjour plus ou moins long à l'hôpital, mais je ne garde aucun souvenir de cette période. Je me souviens seulement d'un grand vide et d'un engourdissement, un ralentissement du corps, une léthargie. Dans ce brouillard indistinct, seules émergent quelques images floues, voilées, la silhouette de ma mère assise à mon chevet, le visage inquiet de mes enfants penchés sur moi sur mon lit d'hôpital. Je revois Madeleine qui me prend la main et me sourit avec douceur. À la fin de la visite, sans un mot, les larmes aux yeux, elle s'incline pour déposer un baiser sur mon front, comme on rend hommage à un mort, et je lui réponds d'un faible sourire des yeux. Des médecins me posent des questions, on essaie de savoir si je me souviens de quelque chose. Je m'efforce de répondre, mais je ne parviens pas à mouvoir mes mâchoires ankylosées. J'ai du sable dans la bouche, et je me débats dans ce cauchemar, très lent, j'ouvre la bouche, au ralenti, pour essayer de parler, mais je n'émets aucun son, mes lèvres ne disent rien et le regard des médecins devient peu à peu réprobateur. Je les vois s'éloigner, se dissiper lentement sous mes yeux avant de disparaître, au point que je ne sais pas si ces images mentales angoissantes correspondent à une réalité que j'ai vécue ou si elles ne sont que le fruit de l'imagination morbide que je ressasse ici à Ostende depuis des mois.

Un matin, au réveil, le brouillard a complètement envahi l'encadrement de la fenêtre. Aussi loin qu'on peut observer, la plage a disparu dans la brume. La mer semble s'être retirée pour toujours. À force de scruter l'horizon, je finis par apercevoir dans l'extrême lointain une imperceptible ligne d'écume blanche, vivante et faiblement effervescente. Le brouillard ne se dissipe pas de la journée. Au loin, on entend les deux notes régulières d'une corne de brume qui doit provenir du phare au bout de l'estacade, et qui jette dans le vide une mélodie déchirante qui a des accents de glas. Rien ne me menace physiquement, mais j'ai peur. Je me sens oppressé devant l'horizon que bouche le brouillard. Parfois, sur la digue, surgit le phare avant rond et blanc d'un vélo fantomatique, qui glisse lentement dans l'atmosphère puis disparaît.

Je regarde l'épais brouillard à travers la vitre, et il me semble que le monde extérieur a la même consistance que ma mémoire. Mon passé, enfoui dans des profondeurs indéchiffrables, se présente comme une vaste étendue informe et cotonneuse, dans laquelle je jette des coups de projecteur au hasard pour essayer de retrouver mes souvenirs. Parfois, je parviens à isoler dans la lumière quelques heures disparues de mon passé. Une image me revient sans cesse, celle du Café Métropole à Bruxelles, où j'attends quelqu'un. Mais, quelle que soit la scène que je parviens ainsi à faire remonter à ma conscience, elle reste toujours dissociée de mon passé, sans lien apparent avec les heures qui ont précédé ou celles qui ont suivi. Quelque chose, toujours, demeure opaque.

Cela fait plusieurs semaines maintenant que j'essaie de me souvenir de ce qui s'est passé, comment j'en suis arrivé là, mais je bute toujours sur un mur infranchissable, un moment où il n'y a plus d'après, une *singularité* comme on dit en astrophysique, pour désigner, dans le milliardième de seconde qui a précédé le Big Bang, ce point d'une densité inconcevable où se trouve rassemblée toute l'énergie de l'univers en devenir, cet instant initial, avant lequel il n'y a pas « d'avant ». Pour moi, c'est plutôt l'absence « d'après » que délimite ce mur infranchissable. À mesure que je me rapproche de ce point aveugle de ma mémoire, tout se dissipe dans une nébuleuse indéterminée. Je n'ai soudain plus de passé, plus d'histoire. Et, au-delà, il n'y a rien, seulement un présent étiré à l'infini, dans lequel j'ai dû rester pendant des semaines allongé sur un lit d'hôpital et maintenant cloué ici dans un fauteuil roulant à Ostende. Depuis combien de temps je me trouve ici, je n'en ai aucune idée, j'ai depuis longtemps perdu la notion du temps et l'idée même de la chronologie. Je suis là depuis des siècles peut-être, pour ainsi dire sans corps, devenu immatériel, une simple conscience aiguë, douloureuse et angoissée. Il n'y a plus beaucoup de différence pour moi entre la veille et le sommeil. Depuis quelque temps, je fais un rêve récurrent, celui d'être entravé, le corps appesanti. Je sais, dans mon rêve, que je dois me hâter pour fuir un lieu maléfique, mais je me sens ankylosé, paralysé sur place, les jambes lourdes qui ne me portent pas. En même temps, comme un vestige de conscience éveillée à la surface de mon sommeil, je sais que je dois quitter ce lieu pour échapper au danger, mais je n'y parviens pas, j'essaie de fuir mais je fais désespérément du surplace, incapable de déplacer mon corps prisonnier de la texture du rêve.

Mon passé disparu est comme un de ces rêves qu'on vient de faire et dont on ne se souvient plus au réveil, même si nous sentons sa présence très proche qui nous hante. Le rêve oublié est là, à portée de main, mais il nous reste inaccessible. Les paupières encore closes, on essaie de le retrouver, de l'exhumer des profondeurs du sommeil où il demeure enfoui. On revient en arrière, on tâtonne, on essaie de l'aborder par une image, un lieu ou un visage qu'on a reconnus, et, à partir de là, sur cette base si fragile, on tire mentalement très lentement le fil d'Ariane du rêve oublié pour faire remonter à la conscience la scène qui dans le rêve précède immédiatement le visage reconnu, puis la scène qui précède encore, jusqu'à récupérer le rêve en entier, comme lorsqu'on tire sur une branche de plante grimpante qui a envahi la façade, et qu'avec précaution, sans briser la liane qu'on tient entre les mains, on fait venir à soi, en détachant une à une les vrilles qui la retiennent aux anfractuosités de la pierre, avant de tirer un dernier petit coup sec pour faire dégringoler en cascade le maximum de végétation convoitée. Parfois, le rêve qu'on essaie ainsi de reconstituer n'est pas linéaire, c'est un puzzle dont l'image finale nous est inaccessible, et dont on essaie en tâtonnant de reconstruire la figure, en assemblant dans son esprit des pièces éparses plus ou moins élucidées, qui ont, comme de vraies pièces de puzzle, les bords irréguliers — et déchiquetés.

Dans l'image du Café Métropole qui me revient parfois à la conscience comme un fragment décisif de ce puzzle hermétique, je suis assis près de la fenêtre au fond de la salle sur une banquette en cuir capitonnée. J'ai commandé un café, et j'attends la personne avec qui j'ai rendez-vous. Je lève de temps à autre les yeux vers la salle, qui est presque déserte, seules quelques tables sont occupées. Près du bar, se tient un maître d'hôtel désœuvré, en gilet noir, nœud papillon et vaste tablier blanc sur les cuisses. Chaque fois que la porte s'ouvre, je relève la tête pour guetter qui entre, mais ce n'est jamais la personne que j'attends. La scène est presque figée dans mon esprit, à la manière d'un arrêt sur image. Si j'insiste pour la faire vivre davantage, si j'essaie, par d'intenses efforts de concentration, de savoir comment je suis arrivé ce matin-là au Café Métropole ou ce que j'ai fait par la suite en sortant, l'image se brouille immédiatement, ses contours se diluent, et la salle s'estompe, je vois la lumière des grands lustres Art nouveau mourir lentement au plafond. Il y a soudain du givre autour de moi sur les accoudoirs des sièges. À travers la fenêtre, par-delà la terrasse déserte qui donne sur la place de Brouckère, je vois les trottoirs fumer dans le froid, avec des bouillonnements de vapeur qui s'exhalent des bouches d'égout et montent à la verticale dans le ciel. L'image se brouille sous mes yeux et disparaît dans les profondeurs de ma conscience. A-t-elle un sens caché ? Avec effroi, je prends conscience que la personne que j'attends ainsi ce matin-là au Café Métropole, c'est moi. C'est moi-même que j'attends, et que j'attendrai en vain, car je ne suis jamais arrivé au rendez-vous ce matin-là.

Longtemps, j'ai essayé de remonter dans ma mémoire pour essayer de reconstituer les dernières heures de cette matinée, celles qui s'approchent le plus de ce point aveugle, de ce mur infranchissable au-delà duquel tous mes souvenirs se sont abolis. Jusqu'à présent, je n'ai réussi qu'à visualiser ma silhouette sur une banquette du Café Métropole, comme si j'étais quelqu'un d'autre, un personnage extérieur à moi-même, mais je ne suis jamais parvenu à revivre cette matinée de l'intérieur pour retrouver mon état d'esprit de l'époque, jusqu'à ce qu'aujourd'hui, à Ostende, l'alarme de mon téléphone se mette à vibrer à côté de moi sur la table de la grande pièce où je me tiens depuis des mois. J'ignore pourquoi cette alarme s'est déclenchée, je n'ai pas souvenir de l'avoir programmée, mais, en entendant ce tintinnabulement de cloches aigu et cristallin de la sonnerie *carillon* de mon téléphone qui emplit l'atmosphère de la grande pièce d'Ostende, je me retrouve en pensée à Bruxelles à l'aube du 22 mars 2016, quand j'ai entendu ce même son d'alarme insistant monter dans l'obscurité de la chambre à coucher. En entendant, à Ostende, cet appel venu du lointain qui semble me faire signe à travers le temps, je suis alors replongé d'un coup dans la réalité vivante de ce matin de mars, dans la substance sensible de ses heures, et je n'ai plus qu'à me lever mentalement et à me laisser glisser en imagination dans l'écoulement de cette journée en devenir, pour retrouver, intactes, mes pensées de l'époque.

Combien de fois me suis-je ainsi réveillé aux aurores à Bruxelles, me levant le premier pour aller prendre une douche, laissant Madeleine endormie dans le lit. En sortant de la salle de bain, je revenais pieds nus dans la chambre, les mollets encore humides, pour m'habiller sans bruit dans la pénombre, ne laissant que la lumière du couloir pour me guider dans le noir. Ce matin, il ne fait pas encore jour quand je quitte la chambre, et je progresse dans l'obscurité silencieuse de l'appartement, apercevant des lueurs de phares d'autobus à travers le bow-window qui donne sur les étangs d'Ixelles. Je me fais du café en pensant à la journée chargée qui m'attend. J'ai rendez-vous à neuf heures et demie avec un professeur au Café Métropole, et je dois auparavant aller déposer une demande de visa au consulat de Chine.

Dans l'autobus qui me mène à Woluwe Saint-Lambert où se trouve le consulat de Chine, je regarde par la vitre les rues grises de ce quartier de Bruxelles que je connais mal. Un nom, à un carrefour, attire mon attention, aperçu fugitivement sur un panneau indicateur agrémenté d'un pictogramme de piscine, le nom de Poseidon, qui, issu de profondeurs insoupçonnées de ma mémoire, me transporte dans un passé lointain, celui de mon enfance à Bruxelles, quand mon oncle m'emmenait nager dans cette piscine Poseidon, qui, si elle s'est éloignée de moi dans le temps à des années-lumière, n'a apparemment pas bougé dans l'espace. Après avoir déposé ma demande de visa, je reprends le bus 79 en sens inverse, pour rejoindre le centre-ville. La pensée est un cours inépuisable. J'ai beau le mettre parfois en veilleuse pour me consacrer un instant à des tâches pratiques de la vie quotidienne, dès que je m'y plonge à nouveau, je retrouve le courant à l'endroit où je l'ai laissé, ou à peine plus loin, il est toujours disponible car c'est en moi-même qu'il se trouve, j'en suis la substance et l'origine, c'est en moi-même qu'il prend sa source et c'est en moi qu'il chemine, souterrain, invisible, paisible, intarissable. Pour l'activer, je n'ai besoin que d'un moment de solitude et de silence, et si, dans l'idéal, je préfère fermer les yeux, j'ai appris avec le temps à m'accommoder de conditions imparfaites. Même dans le brouhaha d'une foule, même dans la rumeur des transports en commun, je parviens à me réfugier dans mon monde intérieur. Où que je sois, je réussis à m'éloigner du lieu où je me trouve physiquement pour bientôt ne plus exister que mentalement, plus vaste, plus fécond, plus étoffé, comme dilaté d'une vie qui engloberait l'ensemble de mes pensées, de mes aspirations, des émotions secrètes qui me traversent, des inquiétudes qui m'étreignent, sans compter les odeurs, enfouies, disparues, oubliées, qui accompagnent les heures de ma vie, et que je reconnais parfois, à l'improviste, comme cette odeur que j'ai retrouvée il y a quelques mois avec un serrement de cœur quand on m'a transporté ici à Ostende au début de ma convalescence, cette odeur d'Ostende où se mêlent le grand air, le vent, l'iode et le sable mouillé. Le regard intense et les yeux rêveurs, je continue de regarder fixement par la vitre et je ne sais plus maintenant si je suis toujours à Ostende ou encore dans l'autobus à Bruxelles aux premières heures de ce matin de mars. Le monde extérieur disparaît progressivement autour de moi, les décors s'estompent. Un paysage pluvieux flotte sous mes yeux dans une brume indifférenciée, et je me laisse porter par le cours souverain de la pensée.

Quand, ce matin-là, j'arrive au rond-point Schuman en revenant du consulat de Chine, je descends du bus et je prends le métro pour me rendre à mon rendez-vous place de Brouckère. Je longe le grand bâtiment vitré du Berlaymont. J'attends le métro quelques instants sur le quai à la station Schuman. Une rame arrive, et je monte dans une voiture. Je ne trouve pas de place assise, je reste debout près de la porte. Dès que le métro se remet en route, je me replonge dans mes pensées. Peu à peu, bercé par le bourdonnement de la rame dans le tunnel, mes pensées se polarisent sur un point lointain de mon horizon intérieur, et je sens s'esquisser une scène de roman dans mon esprit, encore informe, pas encore complètement sortie de sa chrysalide d'où je la vois émerger lentement. J'évolue dans cette scène en devenir, encore informulée, immatérielle, que je laisse affleurer doucement à ma conscience. Je suis incapable de dire quel en est le sens ni quels en sont les protagonistes, ni même précisément où elle se passe, mais je suis présent dans cette invocation, je la vis de l'intérieur, je me déplace en apesanteur dans ses méandres, je combine des ombres en évolution, j'agence des formes — quand je suis interrompu par une lumière blanche aveuglante. Et, dans cet éclair fulgurant, dans cet éblouissement, tandis que je sens mes mâchoires se déformer, je subis une intrusion intolérable du réel dans mon univers personnel. Ma boîte crânienne cède sous l'effet de souffle, et le monde extérieur s'engouffre dans mes pensées par cette brèche ouverte, en balayant l'univers mental que je suis en train de construire, dans une volée d'éclats de verre et de débris de fer.

Ma conscience s'est éteinte. Cela fait des mois, peut-être des années, que je suis maintenant à Ostende. J'ai le sentiment que c'est toujours l'hiver. Je regarde devant moi par la fenêtre et je vois le brouillard qui semble ne jamais cesser, comme les mouettes immuables.

Il y a du monde sur le toit du casino, quelques hommes bien habillés, en costumes de ville et élégants manteaux de cachemire sombres, avec des casques de chantier sur la tête. Le vent souffle fort, et ils ont du mal à contenir les plans qu'ils ont déployés devant eux, qui se tordent dans leurs mains, le papier calque ployant sous la rafale, tandis qu'ils tournent le dos à la mer pour essayer de protéger leurs documents et échapper à la bourrasque. Même si j'ai le toit du casino en permanence sous les yeux, je n'ai jamais mesuré combien il est proche de l'appartement où je me trouve, car il ne se passe jamais rien sur ce toit plat perpétuellement désert. Lorsque je regarde dehors, mon regard passe naturellement par-dessus pour aller se porter plus loin, vers la mer ou la plage, où je trouve toujours quelque infime fluctuation du paysage qui attire mon œil, un oiseau dans le ciel, un couple de promeneurs encapuchonnés dans la grisaille qui s'éloigne le long de la mer. Mais, maintenant que j'observe pour la première fois avec attention le toit du casino, je me rends compte de l'état de délabrement dans lequel il se trouve, le revêtement est troué en de nombreux endroits, et le béton s'effrite, rongé par l'air marin. Le groupe d'hommes bien habillés continue de bavarder paisiblement devant moi, je les vois aller et venir sur la toiture en inspectant attentivement les lieux. L'un d'eux se désolidarise du groupe et fait quelques pas sur le toit en direction de mon immeuble. Il s'arrête au bord du vide, les chaussures à l'extrême limite de la corniche. Casqué de jaune, en élégant manteau de cachemire, il se met à regarder l'horizon. Nous sommes face à face, moins de trente mètres nous séparent, il ne peut pas ne pas avoir remarqué ma présence derrière la fenêtre. J'ai l'impression qu'il me regarde. Il me porte un regard passif, sans s'attarder, et va rejoindre ses collègues, reprend sa place dans le groupe. J'observe ces hommes, sans me rendre compte sur le moment que quelque chose d'irréversible est en train de se jouer sous mes yeux.

Les travaux ont commencé. Depuis ce matin, on entend des bétonneuses et la rotation des malaxeurs qui préparent le ciment. Le toit du casino a été préparé pour accueillir une dalle de béton, il a été comme creusé et désossé et présente l'allure d'une piscine vide, peu profonde, le fond du bassin recouvert d'un plancher de poutrelles et de caissons de bois de coffrage, entièrement tapissé d'un treillis en fer rigidifié, d'où émerge un faisceau de pieux et de tiges métalliques. Une pompe à béton a été hissée sur le toit et une dizaine d'ouvriers casqués, en anoraks et bottes en caoutchouc, s'activent autour du bras articulé pour guider l'écoulement du béton. À mesure que l'étendue de la chape progresse, les ouvriers accompagnent la manœuvre, ils tassent le béton frais, l'égalisent de façon sommaire avec des pelles ou des épandeurs. Puis, l'un ou l'autre, s'accroupissant sur le sol, se met à lisser le béton fraîchement épandu, l'égalise avec une règle, qu'il fait glisser sur les guides de niveau, en tirant soigneusement vers soi l'excédant de béton. Je suis l'évolution des travaux sans déplaisir ni intérêt particulier. Ma fenêtre se trouve exactement à la hauteur du toit du casino, je suis aux premières loges. Même si le spectacle ne me passionne pas particulièrement, il a au moins le mérite de m'offrir un mouvement, contrairement à la contemplation continue du ciel et de la mer, à laquelle je suis contraint depuis des mois. La vie, dans son prosaïsme et sa banalité, plutôt que la simple réalité originelle du monde.

Les travaux ont encore progressé. Des matériaux de construction sont hissés sur le toit par des grues de levage, dont les flèches tournent lentement dans le ciel pour aller déposer leurs charges au terme de trajectoires millimétrées. On livre des plaques d'acier emballées sous film plastique, des palettes de briques sont entreposées sur des caillebotis métalliques. Longtemps, je n'ai pas très bien compris ce qui était en train de se passer, mais je me rends compte que c'est à des travaux de surélévation du bâtiment que je suis en train d'assister. On est en train d'ajouter un étage au casino d'Ostende.

Le niveau du bâtiment monte toujours plus devant moi, lentement, inexorablement, et ma vue se bouche à mesure que la construction prend de la hauteur. Un mur se dresse maintenant dans mon champ de vision, et je ne vois déjà plus la partie la plus basse de la plage qui a complètement disparu de l'encadrement de ma fenêtre. Pendant la journée, je suis encore distrait par l'animation du chantier et les allées et venues des ouvriers, mais le soir, dans la lumière bleutée du couchant, je demeure seul face à ce mur de béton en construction, laissé à l'abandon dans le chantier désert, parmi les bâches transparentes qui virevoltent au vent. Jour après jour, l'édifice s'élève toujours plus haut. La progression des travaux a quelque chose de lent et de crépusculaire, je vois le bâtiment gagner inéluctablement de la hauteur, comme la mer monte, mais verticalement, c'est une marée de béton qui monte à la verticale le long de ma fenêtre.

Le jour n'entre quasiment plus dans l'appartement maintenant, la lumière est devenue sépulcrale, mon horizon a été scellé. La fenêtre de l'appartement fait face à ce mur de béton aveugle, et il n'y a désormais plus de différence pour moi entre le jour et la nuit. Cela fait des semaines que je n'ai plus de visite de Madeleine. L'aide-soignante a cessé de venir, ou ses apparitions, si elle vient encore, s'espacent tellement que je ne remarque même plus sa présence. Je passe toutes mes journées seul devant le mur de béton gris qui occulte ma fenêtre. Peu à peu, en l'absence de la moindre sollicitation extérieure, mon imagination commence à dépérir. Je m'affaisse, je ne suis plus qu'un vide, une absence. Je ne suis plus vraiment moi-même, mais étais-je encore moi-même depuis le drame ? Je suis devenu un état de léthargie impersonnelle. Plus rien ne me porte vers le monde extérieur. Le paysage s'est éteint à jamais devant moi, je ne peux plus compter sur le secours éphémère de la contemplation passive du ciel ou de la mer. Les bruits du monde s'éteignent progressivement. L'air, alors, en même temps que la pensée amenuisée, que l'imagination raréfiée, vient à manquer. L'espace commence à se rétrécir, les murs s'ébranlent et se rapprochent de moi. J'étouffe, seul dans le noir. J'entends parfois des bruits dans l'appartement, et je sursaute, je me retourne en pensant que la porte d'entrée vient de s'ouvrir derrière moi et que quelqu'un va surgir et me rejoindre dans le salon. Mais je dois me rendre à l'évidence, je suis seul depuis longtemps dans cet appartement, avec un mur de béton aveugle pour seul horizon. Je n'ai plus aucun repère à présent, je suis emmuré dans ce tombeau, et j'ignore si l'extérieur est devant moi ou au-dessus de moi, et même s'il y a encore un extérieur. Alors, commence de s'insinuer dans mon esprit le soupçon que la réalité que je suis en train de vivre dans cet appartement d'Ostende depuis plusieurs semaines est une fiction, ou tout au moins une chimère, une métaphore du drame qui m'a d'abord brisé physiquement avant de s'attaquer à mes facultés mentales qui se sont peu à peu embrumées, puis graduellement éteintes dans l'obscurité de cette pièce, et que, si ce n'est pas vraiment une métaphore, c'est un contrecoup, une répercussion, c'est la conséquence même du drame dont j'ai été victime, et que, en vérité, je suis déjà mort, je suis mort sur le coup le jour de l'attentat, et cette longue évocation grise et mélancolique de la vue de cet appartement d'Ostende est ma dernière vision consciente, la dernière intuition, le dernier instant visible de ma vie qui s'achève.

CET OUVRAGE A ÉTÉ ACHEVÉ D'IMPRIMER
LE DEUX NOVEMBRE DEUX MILLE VINGT DANS
LES ATELIERS DE NORMANDIE ROTO IMPRESSION S.A.S.
À LONRAI (61250) (FRANCE)
N° D'ÉDITEUR : 6607
N° D'IMPRIMEUR : 2003476

Dépôt légal : janvier 2021